山이고 싶다

山이고 싶다

이필정 제7시집

대양미디어

산을 좋아하는 사람은 마음도 예쁘다

산행을 하면서 산을 좋아하는 사람들과의 만남이 건강
과 행복을 주는 생활의 활력소가 된다.

산은 서로의 마음을 주고받으며 행복을 나눌 수 있어
좋다.

그동안 산행한 산을 배경으로 시를 써 일곱 번째 시집을
발간하게 되었다.

모든 분들이 뜻을 같이하고 공감할 수 있을까 하는 생각
이 앞서지만 산의 우직함과 사계절 색깔, 모습은 달라도 순
수함으로 우리에게 기쁨과 행복을 선사하는 자연의 힘으
로 다가옴을 느낀다.

산을 좋아하는 사람들의 몸과 마음을 건강하게 해준 의
왕평통산악회 김영숙 회장과 회원께 고마움을 전하며, 세

상 사람들이 산과 같이 변함없이 살아가길 바라며 또 한 권의 시집을 발간하기까지 애써준 아내와 대양미디어 서영애 대표께 진심으로 감사드린다.

 일곱 번째 시집 『山이고 싶다』의 시를 읽어줄 독자들에게 꽃이 피어나듯 아름다움으로 자리매김 하길 기대해 보면서……

 여러분 사랑합니다.

2015년 4월
지은이 씀

| 차 례 |

제 2 부

山이고 싶다

제 1 부

오서산
억새꽃

꽃바람 산행

바람이 꽃잎을 등에 업고 간다
초록빛 산기슭 헤매고 휘돌아
산으로 간다

휘파람 불며 불며
계곡에서 놀아난 한 줄기 바람
가슴속으로 들어온다

고추의 매운 성깔로
달음박질치다가도
수줍어하는 소녀라도 만나면
귓불 빨갛게 물들였다가

산 노을 질 때면
절벽에 서서
목 놓아 울어라도 볼까
이대로 날아라도 볼까

봄의 전령 복수초

앙상한 겨울 나목들
찬바람이
후려치지만
봄비에
산 계곡 잔설녹아
복수초
샛노오란 꽃 피었네
얼음 스친 칼바람에
파르르 떨고 있는
너의 그 강인함에
숙연해지는 내 영혼.

금낭화

붉은 입술에 밥풀을 물고
꽃대에 대롱대롱 매달린
며느리밥풀 주머니

어린아이 허리춤에 매달린
복주머니를 닮아
앙증맞게 매달려

꽃송이 송이에
금화金貨가 가득가득
산과 들 부자 되었네.

바위틈 야생화

비바람 몰아치는 바위틈
해변가 절벽일지라도
뿌리내림 하는 야생화
선명한 꽃 색깔 향기 품었어도
바람 불고 외진 곳 살아
벌과 나비 만나기 어렵구나

어쩌다
귀한 손님 만나
매력 한껏 발산할 때면
고운색깔 짙은 향기로
종족의 대를 이어갈
생명의
몸부림 갸륵하구나.

바위 구절초

백두산 천지 바위틈
아슬아슬 발 딛고
꽃봉오리 맺어
해바라기 바위구절초
꽃잎 활짝 피었다가
꽃다지 끝나면
하얀 꽃이 되어
나비도, 벌도
날아들지 않아도
노란국수발 꽃씨를
한껏 품었어라.

변산 바람꽃

살랑대는 봄바람에
변산 바람꽃 너울너울 춤춘다
흰 꽃잎 다섯
암술, 수술 품어 안고
서해 변산반도
환한 웃음으로
오가는 이 반기니
이보다 더한 정감
어디서 느낄 수 있으랴.

청계사

파란 하늘 옷자락 늘어뜨린 치마폭사이로
인두가 흔적 남기며
조심스레 포물선 그리면
바람에 풍경이 청아한 목소리로 부른다

청계산 높은 능선 웃음이
하늘 내림 옷자락에 맞닿아
곱게 묶어 놓은 여인에 옷고름 나린다

부드러운 처녀 젖가슴처럼
천년고찰 속살 드러내 보일쯤
설레는 가슴 금치 못해
떨리는 손 그대로 멈추어

당신의 곱디고운 자태
알 수 없는 눈물로 바라보며
천년도량 부처님의 자비로
온 세상 화평하기를 두 손 모아 기도한다.

바위의 비밀

바위가
물을 먹는다는 것을
이제야 알았다

바위가
숨 쉰다는 것을
이제야 알았다

바위가
꽃도 피우고 사랑도 나눈다는 것을
이제야 알았다

바위는
보이지 않는 뒤편 귀퉁이에
파르스름한 이끼 가득안고 비밀 간직한다

바위틈
비집고 발 내린 소나무 한 그루
당당하게 버틴다

이 소나무 가지에 가끔 산새들 날아와
온갖 세파소식 지저귈 때

다람쥐는
바위 위에서 두 손 비비다가
재롱 내려놓고 떠난다

바위는
늘 한곳에
머물고 있는 것이 아니었구나.

청계산 단풍잎

굽이굽이 맛집이 내려 앉아
길손 입맛 돋구는 청계사길
비단에 수놓은 듯
만산홍엽에 취해
단풍길 걸으면 마음도 물든다

새소리, 물소리, 목탁소리
부처님 가시던 길
청계사 풍경소리에 붉고 붉은 아기단풍
고사리 손 흔들어 반기고
곱게 차려입은 청계산 오색단풍
모여든 길손과 한바탕 웃음꽃 피우더니

아침햇살에 안겨 한 폭의 수채화 그려낸다
계곡 따라 오르면 거울처럼 맑은 물
살며시 손 담그면
단풍잎 어느새 다가와
빨간 물 들여놓고 달아난다

가을바람에 곱게 물든 단풍미인
단丹이와 풍楓이가 만나 사랑 속삭이면
타오르는 뜨거운 가슴 풀어
행복한 단풍길에서 그녀를 만나야겠다.

관악산 운무 雲霧

산을 휘몰아 휘감아
큰 솜사탕이
새하얀 관악산을 삼켰네

산을 휘몰아 휘감아
이슬 구름이
관악산을 삼켰네

산을 꼴깍꼴깍
흰 무명천으로
백색의 치마로 관악산을 삼켰네

산을 휘몰아 휘감아
구름밭 만들어
연주암 구름위에 동동 띄웠네.

산사의 아침

산사의 아침
스님들의 옷자락에서
신선한 바람이 불고
싱그러운 생명들 숨소리

이제 눈부신 햇살은
부처님이 펼치는
그 넓은 가슴에서 큰 뜻을 비춘다

환희로움으로
기쁨으로
깨달음으로
업을 바꾸고
업을 씻어내어

어둡고 아픈
사바세계를
이겨나가라고 한다
산사의 아침은 거룩하다.

산사의 하루

백목련 꽃봉오리
어찌 저리 탐스러운가

봄비에
이제 막 터지려는가
꽃향기 기다려지네

풍경소리에
해가 지는구나
스님 발걸음
바빠지네

이제는
잔디도, 나뭇잎새도
모두 이슬 머금고
밤에 잠기니
모두 잠자는가

산새들은 벌써
미루나무 그 무성한

이파리에 숨어
숨죽이고 잠잔다

고요한 밤
적막한 산사에

대웅전 부처님도
인자한 미소의 부처님도
지그시 눈을 감는데

난데없는 외줄기
바람 소리
풍경소리에 놀라
부처님도 눈뜨겠네.

광교산 절터에 가면

바람에 살랑대는 나뭇잎 사이로
쏟아지는 햇살은 금모래 빛
흐르는 계곡물에 목축이고
바위에 앉아 쉬어 간다

굽이굽이 오르는 산길
촉촉이 젖은 바위 미끄러질까
정겹게 손잡아 발걸음 옮긴다

계곡물 소리 가슴에 닿으면
흐르는 땀 달아나고
청솔모 손 비벼 인사한다

산꽃이 초롱초롱 매달려 웃고
풋풋한 산 내음 코밑에 자리 잡으면
산새들 노래에 나무들 어깨동무 춤춘다

절터는 이제 가파른 턱밑에 있다
시원한 바람 맞으며 약수 한 모금에
날아갈듯 가벼워진 몸

명당자리 찾아 앉으니 옛 모습 고스란하다

병풍으로 둘러싸인 능선 아래
사뿐히 내려 앉아 있었을 사찰
지금도 풍경소리, 목탁소리 귓전에 맴돌아
마음이 평화롭다.

오대산의 사계절

산등성에서 살짝 피어오른 흰 구름
햇볕 살며시 가리는 그림자
봉우리와 봉우리 사이 징검다리 놓아
이따금 오대산 감싸 안는다

산철쭉 꽃잎에 봄이 성글면
산기슭 잔설 녹이고
파릇파릇 움트는 독경소리에
잠자던 나뭇가지 산고의 고통 시작한다

신록이 왕성한 여름
계곡 계곡마다 쫄랑대는 물소리
좁은 골짜기 바위등 넘어서
이름 모를 실개천으로 모여들어 곱게 흐른다

맑고 푸른 가을하늘
천역색깔로 풀어놓은 꽃자리
떠돌이새의 날갯짓 사이로
잔잔한 오색향연 일색이다

눈앞에 펼친 산비탈
함박눈 펑펑 맞으며
계절의 마지막 밤 지샌다

나도 가는 해가 아쉬워 밤잠 설친다.

오대산 노인봉 산행

진고개마루 노인봉 산행길
화전밭 일구던 농부는 간데없고
갈바람에 무성한 잡초만 술렁인다

도란도란 옮기는 발길마다
층층이 내려앉은 단풍
함박웃음 손 흔들어 반기고

정상 능선 따라 군락 이룬 자작나무
온갖 풍상 견디지 못해
하얀 옷고름 풀고 있다

줄지어 늘어선 등산객
노인의 하얀 머리 닮은
노인봉 기어오른다

노인봉 정상 해발 1,338미터
서쪽으로 등대산이 우뚝 솟아있고
동남쪽으로 황병산이 바라다 보인다

북동쪽 능선 끝으로 백마봉과
중앙으로 어렴풋이
강릉일대가 들어오고 바다가 펼쳐진다

노인봉 푯말을 배경으로
모두모두 사진작가가 되어
추억 만들기가 한창이다

넓게 펼쳐진 형형색색 단풍물결
저 멀리 선재령
풍차가 눈에 들어온다

지난겨울
백설에 뒤덮인 저곳을 오르던
추억이 새록새록 하다

단풍향기 가득 실은 바람
볼을 스치고 지나갈 때마다
자연의 축복에 근심걱정 모두 내려놓는다

하산 길에 옹기종기 자리 잡고 앉아
진한 풀내음 얹어먹는 점심
건강이 입안 가득하다

서로 나누는 커피향기
웃음가득, 행복가득
세상 부러울 게 없다

굽이굽이 내리는 길
쏟아지는 가을햇살에 곱게 물든 단풍
우리내 마음도
너를 닮았으면 좋겠다.

고려산 高麗山 진달래

고려산에 오르면
진달래 꽃물로 흥건하다

화사한 진달래 꽃바다
상춘객들 꽃만큼 많이 모여든다

해거름 낙조봉에 서면
석모도 앞 잔잔한 바다
붉게 물들이며
떨어지는 해넘이 황홀하다

술렁대는 꽃 향연에
가슴은 활활 타오르고
빛바랜 꽃잎
가는 세월 아쉬워 흐느낀다.

문경새재

솔향기가 폐부 깊숙이 스며들어
쌓였던 체증 떨쳐낸다

백두대간 조령산 마루 넘는
문경새재

한강과 낙동강 유역 잇는
영남 대로상의 가장 높고 험한 고개
사회, 문화, 경제, 국방상 요충지

새도 날아서는 넘기 힘든 고개
억새가 우거진 고개

임진왜란 후
주흘관, 조곡관, 조령관 지어
국방의 요새로 삼던 곳

자연경관이 빼어나고
유서 깊은 유적과 설화민요에
과것길에 오른 선비도
원터에 쉬어가고

경상도 관찰사 관인 주고받던
교구 장터만 남아 있네

'산불됴심' 비 세월에 빛바랜 채 서 있고
일제 강점기
송진 채취당한 늙은 소나무
허리춤에 깊은 상처 안고 있다

낙동강의 발원지
맑은 계곡물 소리
새들도 날갯짓으로 합창하고
문경새재 아리랑
길손 쉬어가게 한다.

제3관문 조령관을 시작으로
제2관문 조곡관
제1관문 주흘관으로 나오는 동안
조령산새에 취해
모두 시인이 되었다.

속리산 가을풍경

빨간 단풍, 노란 단풍
맑은 계곡물 따라
고사리 손 마주잡고
맑은 햇살에
반짝이며 다가온다

등산객 발길에
등 떠밀려 오르는 산행길
살아가는 이야기
웃음꽃이 가득하고

문장대 오르는
길목이 정체되어
옆 봉우리에서 바라보며
성취감 만끽하고

각자 준비한 보따리 펼쳐놓으니
산해진미 진수성찬이라
행복한 포만감 형형할 수 없고

문장대 배경으로 기념사진 촬영
산신령도 한자리에 섰네
주위에 펼쳐진 속리산 속살
자연의 섭리 깨닫게 한다

가파르게 내리는
청정 계곡물에
발 담그니
머리까지 전해지는 짜릿한 전율에
피로가 말끔히 달아난다

몸 추슬러 내려오는 길
막걸리 한 순배 들고나니
힘이 불끈 솟는다

산과의 대화가 너무 길어
법주사에 들리지 못하고
먼 발취에서 부처님 바라보며
소원성취 삼배를 올린다

기쁨과 행복 함께 나눈 속리산
다시 만날 날 기약하며
아름다운 가을 풍경 가슴에 담고
귀경 발길 재촉한다.

시랑산 박달재

억새 휘어 누운 자리
슬픈 달은 밤이슬
눈물로 쏟아내고

박달도령, 금봉낭자 잠못 들어
영혼의 그림자 떠도는
박달령 고갯마루

한 서린 한숨 바람소리 잦아드니
님이 향한 피안彼岸의 세계에서
영생불멸永生不滅하시옵고

새로 찾아온 선남선녀
천년의 사랑
행복한 꿈 이루게 하소서.

소양호의 아침

물안개가 퍼져
햇살 가득한 호수를 아롱인다

가슴으로 뱉어내는 물안개
한가락 담배연기처럼
서성이다 이내 사라져
감각할 수 없지만
소양호의 아침은 고요하다

가지런히 무지개가 서리고 서려
잠깐이라도 들여다보면
얼비쳐 나오는 빗발로 눈부시다

호수에 모여든 냇물, 강물들은
대답 없는 말 주고받으며
섞이어 머물다 이내 흩어져
서서히 하늘로 승화한다

뱃길 따라 하얀 소용돌이
물에 비친 자연풍경이 아름답다

불어오는 바람 따라
기색 바꿔 휘돌다가도
끝내 제 모양 갖춰 드러내고
안으로 방울방울 어지럼증이 감돌아
빛살 사려 빛날수록
영롱한 물결 하나를 이룬다.

오서산 억새꽃

단풍들
이파리 마다
숱한 사투리로
바람난 입술 태운다

이산 저산
바람 앞에
다투어 속살 보이니
모두 얼싸안은 사랑
잉걸불 웃음으로 탄다

계곡물 소리
태평가를 부르고
하늘은 낄낄대며
오서산에 마약을 먹인다

갯바람에 취해
머리 풀어 헤친 억새꽃
나에게 억새꽃 붓대
가만히 쥐어 준다.

제 2 부

山이고
싶다

산山

山이고 싶다

삭막한 사내의 가슴
활짝 열고
산을 오르고 싶다

쓰러지며 일어서며
소리치는
저 초목들의
뜨거운 피가 되고 싶다

하늘 높은 山이여

그립고 그리운 이름 따라
솟아오른
山이고 싶다.

산山이고 싶다

산이고 싶다

풀잎이 솟아나고
꽃도 피우고
열매도 주렁주렁 매달고
계절마다 옷 갈아입는
산이고 싶다

바람 불면 바람 따라
물 흐르면 물 따라
눈비 오면 눈비 따라
세월 찾아 나서는
산이고 싶다

산속 헤매는 다람쥐와
산속 지키는 나무들과
산마루에 뭉게구름 쉬게 하는
산이고 싶다

숲속 스치는 바람소리

바위틈 졸졸 흐르는 시냇물 소리
새들이 둥지 틀어 새 생명 잉태하는
산이고 싶다

사계절 옷 갈아입는
자연의 무대가 펼쳐지는
산이고 싶다.

산에 오르면

산에 오르면
야생화 향기로 피어 반기고
산새들 예쁜 노래로 맞이하고
구름은 산자락 끌어안고 놓을 줄 모른다

이렇게 아름다운 산이
발길에 채이고 깎이어
무수한 상처에 피가 흐른다

그 아픈 고통 이겨내며
굳건히 자리 지키는 산

정상에 올라서면
발아래 유유히 다투지 않고
바다를 향해 흐르는 강물을 보며
옹기종기 모여 사는 마을을 보며
평화와 사랑을 배우고
자연의 섭리에 흠뻑 빠져든다.

산에 오르니

구름이 산자락 끌어안고
놓을 줄 모르는 것도

풀잎 솟아나고 싹트는 것도
꽃피우고 열매 주렁주렁 매달고 있는
세월도

발아래 유유히 다투지 않고
바다를 향해 흐르는
강물도

옹기종기 모여 있는 마을
서로서로 부둥켜안고 돌아가는
작은 길도

산에 오르니
꿈속에서 헤매어 찾던
세상이
눈앞에 환희 펼쳐지네.

산을 좋아하는 사람들

광덕산에 내린 백설
나뭇가지 휘도록 눈이 부시고
구름이 산봉우리를 넘어
파란하늘 윤기 나게 빛나면

흩날리는 눈보라에
마른 풀잎 침묵으로 자리한 봉우리
다가설수록 쌓인 무게에
슬며시 엎드려 일어날 줄 모르고

기상관측소 빛바랜 태극기
몰아치는 눈보라에
현기증이 나도록 펄럭이면
발길 옮기던 이방인
건물 벽에 붙어 앉아 추억 쌓아

눈꽃 예쁘게 핀
산모퉁이에 걸어놓고
하얀 세상 미끄러져
사향노루 뒤돌아보듯

숱한 벼랑길 걷고 걸으며
행복웃음 짓는
당신과 나는
산을 좋아하는 사람들입니다.

가을산행

하늘이 높고 파란 날
바람길 따라
다람쥐 앞세워 산에 오른다

만산홍엽에 취해
계곡물도 쉬어가고
산새소리 빨갛게 물든다

성숙한 열매는 가지 끝에 매달려
여린 씨앗 꿈을 채색할 때
단풍잎 하나 도리질하며 떨어진다

가을 산국화
연보라꽃 피어나면
보라색 별빛이 가을 산을 반짝인다.

겨울산행

눈 덮인 겨울산
멀리 솟아난 큰 산들도
백설 뒤집어썼다
크고 작은 나무들
축제처럼 흰 눈꽃잔치 펼친다
이 아름다운 산길
꽃발로 조심스레 걷는다
하얀 입김이 솔솔 새어나고
송글송글 땀방울이 이마에 흐르면
붉은 노을이
백설에 부딪쳐
찬란하게 빛난다.
자연의 숨결 느낄 수 있는
겨울산행
온몸 깨우는 원동력이 되어 준다.

겨울 산

추위에 떠는 나무들
그 노래들은 슬프다

메마른 풀잎들
죽은 듯이 대지를 덮고
뿌리는 숨결을
따뜻이 보듬지만

산길 그 길섶엔
한여름 활기차던
개미들 오간데 없고
산 나그네 괴롭히던
하루살이들도
차라리 그립구나

골짜기 맴돌다
차오르는 찬바람 속에
재재거리는 산새들 울음도
추위에 떠는구나

자연의 섭리
그 눈빛 속에
길도 얼고 숲도 얼고
모두 얼었구나

겨울산은
이 모진 추위를 견디며
누추한 모든 것을 벗어버리고
정결하고 따뜻한 봄을
기다리는가 보다
야호 소리에 다가오는
봄소식.

무너지는 산

햇볕이 다사로워도
햇빛이 찬란해도
절벽에 부딪치면
아우성이 된다

굴삭기 발톱에
찢겨지는 산채에 핀
나리꽃도, 패랭이꽃도
아, 단풍나무도
모두 다 할퀴어
흙 속에 묻히네

산허리를 꺾어대는 소리
산이 무너지는 아우성
산새들도 몸서리친다

무너지는 산
가을도 날을 세우고
하늘이 지르는
고함은
천지를 진동하네.

눈 덮인 겨울 산

멀리 솟아난 큰 산
봉우리들에
눈이 펑펑 쏟아진다
크고 작은 나무들
축제처럼 눈꽃잔치 펼친다

겨울로 얼어붙은
내가 사는 이 마을에도
흰 눈이 펑펑 쏟아져
아픔도 덮고 고통도 덮고
눈물도 덮는다

산도들도
붉은 노을이 백설에 부딪쳐
찬란히 빛나고
내 가슴도 설렌다.

울고 있는 백두대간

등산객 발치에, 손끝에
백두대간 붉은 산철쭉이 짓밟혀 꺾어져 울고
어린 젖가슴 봉우리 햇살에 탄다

백두대간 눈망울엔
뭉게구름 이슬 맺히고
잘려나간 산허리 쥐고 몸살 앓는다

뼛골까지 병들어버린 산 속
칡넝쿨도 젖이 나오지 않아
선불 맞은 노루처럼 운다

백두대간 산자락 아래 방목장
귀골이 장대한 연미복 대장 닭
토종닭 등허리에 올라타고
반쯤 죽여 놓는다

백두대간 구석구석
피를 토하며
멍들고 지친 몸 허우적이며

꺾인 다리 세워본다

너의 그 붉은
산딸기 빛 온몸은 상처투성이
내 작은 몸으로라도 이 산을 되살릴
그런 길은 없는지…

모락산을

왠지 가슴이 시리도록 쓰라리고
까닭모를 불안이 덮치거들랑
모락산을 바라보자
마음에 평온 찾아들게

누군가 사무치게 그립거나
뭔가에 쫓기는 기분이라도 들면
모락산을 마시자
마음에 평온 찾아들게

어느 날
짜증이 덕지덕지 쌓이거나
무슨 일이 있거들랑
아니 아무 일이 없더라도
오르자 모락산을
마음에 평온 찾아들게

바라보아도 기쁨 찾아오고
마셔도 숨이 차지 않고

올라도 닳지 않는
모락산을 가슴에 껴안으면

마음에 평온 찾아오고
행복 찾아든다.

모락산의 봄

햇살이 밀어닥친 모락산 절벽
아기 진달래 품고 있다
간간이 산새들
근심 하나 물고 와
부리 비비고 떠나면
바랑 짊어진 젊은 부부
가파른 바위 오르고
텅텅 소리 내는 바위틈 동굴
누가 만들었을까
거친 숨소리 노을에 걸쳐 놓으면
희망이 뒤척이는 소리 들린다
정겨운 봄을
가슴에 가득 안으면
내 어두운 꿈도
꽃이 되어 피어나리.

백운산에서

흰 모시옷 차려입고
산허리를 가려 서니
네 모습 온데간데없구나

기지마저 감싸 안아
레이더 탑만 구름위에 떠 있고
포말분수 알알이
잎새에 가지에
내려주는구나

어슴푸레한 송전탑 위
보금자리 지키던 까치 한 쌍
물맞이 하러 날아오른다.

백운호수가 보이는 언덕에서

백운호수가 보이는 언덕
민들레 홀씨 허공을 날고
자줏빛 할미꽃도 피었다 지고
오늘따라
호수의 물결도 사납게 되채이고
바람도 스산하다
그리고 내 마음도 허전하다

비린내 퍼져
물안개 퍼져
아픔도 퍼져 가는데
햇볕 사이로
외로운 독수리 한 마리 맴돌고
그 위에 맴도는 영혼은
구천 헤매며 갈 곳 찾는다

머리 위 까치 한 마리
숲 속으로 들어가자
푸른빛 까치 한 마리

숲속에서 나오네

부평초 떠돌이 인생 하나가
교각 밑 자리 펴고
콘크리트 하늘만 쳐다본다.

백운산 한여름 밤

백운산 왕림골의 한여름 밤은 신난다
친구들 손잡고 멀리
하늘 바라보고 서 있으면
푸르른 동심에 쌓여
설레는 마음 감추지 못하고서
입 크게 벌리고 맑은 웃음 짓는다

무엇이 그렇게 좋은지
무엇이 그렇게 우스운지

검은 하늘아래 별빛이 어디가
좋아서 웃어대는지
계곡물도 싱글벙글이다

밝은 별빛이
내 마음 속 고이 감싸두었던
그 동심의 꿈 살짝 풀어헤치면
속속들이 감추었던 마음 속 보석들이
환한 미소가 되고 기쁨이 되어

금세 하늘로 튀어 올라 별이 되었다

어디서 별똥별이라도 내리면
산 넘어 그곳에 찾아가 보자던
친구들이 그립다

그 시절 손잡고 환하게 웃던
친구들이 그립다.

황사 쓴 백운산

나는 고된 삶을 뒤로하고
백운산을 오른다
정상에서 백운산과
키를 맞춘다
발아랜 전쟁터도 보이고
숨진 영혼들도 보이고

발밑에는
오늘따라 무수한
슬픔들이 깔려 있다

나무들 새순에
온통 진딧물이 내리고
산마루 통신 레이더
백운산 어깨 짓눌러
솟아오를 수가 없다

황사띠 머리를 휘감고
허리에 철탑이 박혀 피가 막혔다

짓밟힌 백운산이
개벽하기 전에
포효하기 전에
우리는
백운산을 살려야 한다.

바라산

하늘 이고 선 공룡머리
백운산에 눌려 힘겹지만
여성스런 능선
백운호수 내려다보며
구름 세월 딛고
살포시 미소 지으며
슬그머니 옷고름 흘리더니
감당하지 못할 손때 묻은
세월의 정이 두려워
허기진 마음 꼬옥 포옹하고
가난해진 산자락 기다림으로
밤 지새우니
백운호수
네온 불빛 밝혀 맞이하고
라이브 카페 음악에 취해
덩실덩실 춤추다
호수에 빠진다.

오봉산

하늘을 향해 내 지르는
오봉의 함성에 놀라
사뿐히 내려앉은
두껍바위

끊임없는
등산객들 발길에
등이 패어 피가 흘러도
변함없는 멍석바위
하늘을 우러는데
산새들도 바위 뜻을 기려
노래 부르네

오봉산은
곱고 아름다운 산
아득한 전설 품어
정겨운 마음 피어나고
그 마음 합창되어
다섯 봉우리 오르내린다.

관악산

차령 줄기 한 자락에 우뚝 솟아
바위를 갈고 다듬고
세우고 또 세워
팔봉이 삼성으로 이어졌다네
그 기운 양재가 받고 받아
골짜기마다 고을 이루니
넉넉한 그 마음 알만도 하다
세월 속에 한성은
화기를 온몸에 품었어도
한강과 북악이 달래고 달래니
우뚝 솟은 관악산
오는 이의 기쁨이요
가는 이의 아쉬움이라.

제 3 부

비내리는
진동계곡

소매물도

파도를 둘러치고 섬 하나 살고 있다
물 담 쌓았다 허물었다
하루에도 수십 번 울고 웃는다

앙가슴 쥐어짜는 손
허공만 쥐고 흔든다
은빛물결 일렁이면 가슴 가다듬고

바람이 머물다 간 그물로 집지었다
빗장 풀린 사립문에 쌓여가는 세월
갈매기만 넘나든다

아름다운 섬 자연의 섭리에 취해
희미한 눈빛으로 지난 기억 더듬다가
행복한 추억 몽돌이 되었다

한여름 뜨거운 태양 바다로 침몰하면
해삼, 멍게, 소라 안주에 취하고
소매물도 떠나는 순간에도 등대는 자리 지키고
뱃고동 소리 바다를 깨운다.

으악새 꽃 핀 제주

에메랄드 빛 바다
얼굴 없는 파도는
흰 물결 두루루 말고 밀려와
모래를 핥고 달아나고
어선 따라 갈매기 떼 숨어들고
만선의 고깃배 포구에 닿는다
은빛 갈치 아침 가르면
비린 내음 찾아든다

으악새 꽃 활짝 핀 산
눈꽃으로 펄럭이고
왕바리 냉바리
으악새 사이로 넘어지니
자취는 온데간데없고
'으악' 소리만 메아리로 들려온다

작은 오름들 한라산 향하여
탐스러운 속 살결
언뜻언뜻 비추이며

엷은 회색 구름탕 안에 앉아

몸 씻는 달과 사랑 나누는 이 누군가
술 취한 마음은 숨죽이고 앉아
흔들흔들 엿보고 있으니
초경 치룬 계집아이처럼
노랗게 야윈 달
구름 속으로 숨어든다

제주여행 해변여행
바다는 철썩철썩
내 혼을 빼앗아 달아난다.

행복한 제주 여행

빛이 어둠 사이를 가르고
햇빛 몰고 오는 바람도
제주로 떠나는 우리들에게
잡을 수 없는 향기로 밀려온다

작렬하는 태양
소나기라도 내릴 듯
무더운 여름 바람에
에메랄드 빛 파도는
고운 모래 핥고 달아난다

올레길 걸으며 펼쳐지는
제주의 아름다운 물빛향연에
입은 쉴 틈이 없고
흐르는 땀방울 온몸 적신다

파르르 파르르 물오른 횟감
구멍 난 술병만 가득하고
부딪는 건배에

하나 되어 힘이 절로 난다

제주의 밤 고요가 찾아드니
곽지 해수욕장 남·여탕
알몸으로 숨어들어
밤하늘 별을 세며
출렁이는 바다에 몸을 맡긴다.

황금산 산행

봄꽃이 지고 신록이 짙어지는
후덥지근한 초여름
누런 금 캐었다던 황금산 산행
아직도 금굴 흔적 남아 있다

황금색 주상절리
기암괴석 절벽위로
해송들이 아슬아슬 발 딛고 서
낙조에 취한 바다를 품고 있다

처얼썩 처얼썩 쏴아
수없이 부서지는 하얀 포말들
바다 한 가운데 이름 모를 돌섬 다녀오고
황금산 사당
임경업 장군의 단아한 영정
저 멀리 푸른 바다만 바라보고

코끼리 바위 물 품어 황금산 적시니
푸른 숲 시원한 바람

정겨운 이야기꽃으로 가득하고
서산에 꼭꼭 숨겨진 서해안의 비경
해안 절벽 따라 걷는 산행 길
코끼리 바위가 있어 한결 정겹다.

소금산 산행

기암절벽 흘러내린 물줄기
삼선천에 모여들어
섬강과 만나 남한강으로 흐른다

하얀 백사장
에메랄드 물빛
강태공 세월 낚는다

간현유원지로 오르는
소금산 산행
속살이 참 예쁘다

목계단 따라 한발 두발 오르니
소금산 정상 푯말 343미터
하늘과 맞닿아 있다

산장 쉼터에 앉아
낯선 이들과 인사 나누고
막걸리 한잔에 목 축인다

바위틈 사이 아슬아슬 발 뻗은 소나무

온갖 풍상에 구불구불
세월 품고 섰다

멀리 낙타등 같은
간현봉이 보이고
중앙선 철교가 삼선천 가로지른다

소금산 들머리 404철계단
오르고 내리는 등산객
오금이 후덜덜 하다
철계단 내려와
잠시 쉼을 하자니
시원한 바람이 온몸 훑고 지나간다

삼선천 따라
폐 중앙선 철길 점령한
칡꽃, 달맞이꽃과 함께 걷는다

오늘은
사람들과의 만남에 의미를 두었던
소풍 같은 산행이었다.

비내리는 진동계곡

계곡산행
인파의 꽃길은 강을 이루고
등정으로 역류한다

발붙이기가 힘든 곳
선뜻 지팡이가 되어주는
산을 닮은 맑은 가슴들

오늘은 산계곡 따라 위를 향하고
예절이 깊은 겸손한 산객들
산 찾아 땀 흘려 보련만

강한 빗줄기 불어난 계곡물에
돌아서는 뒷모습 초라해도
신작로 따라 걷고 걷다가

이름 모를 처마 밑 둘러앉아
주거니 받거니 캬~ 좋다

이보다 더한 정취 있으랴

비 젖은 체온 수증기 피어올라도
산아 너만이라도 내내 푸르거라
물아 너만이라도 내내 맑거라.

함백산

살아 천년
죽어 천년
주목 늘어선 정상
황소바람 불어
몸조차 가누기 힘든다

제3쉼터로 내리는 길목
오백년 세월 품어
상처로 얼룩진
주목그늘에 앉아
덧없는 세월 안아본다

백두대간 여섯 번째 고봉
눈, 비, 바람에
시퍼렇게 멍이 들었다

만향재로 이어지는 등산로
하늘 높은 나무 밑
야생화 군락지

쪽빛햇살에 반짝인다

나도 옥잠화, 얼레지
하늘나리, 은방울꽃…

함백산 화원에 취해
떠날 줄 모른다.

금수산

청아한 계곡물
새들도 흥겨워 노래하는
정방사 가는 길
연초록의 새잎들이
바람에 살랑인다

가파른 산등 기어올라
정방사 앞뜰에 서니
청평호수 내려다보이는
명당 중 명당이로다

수직 바위 등에 업고
내려앉은 대웅전 부처님도
청평호수 물안개에
현기증을 느끼는 듯하다

바위틈 솟아나는
천년약수 생명 더하니
만 만 년 살 것 같이
폐부 깊숙이 파고든다

정방사 뒤로 오르는 금수산 산행
꼬리진달래 입 다문 채
봉긋한 꽃망울 품어
신선봉 따뜻한 바람 기다린다

울퉁불퉁 칼날 바위 등을
조심조심 넘고 넘어
신선봉, 조가리봉 갈림길
시간 다투어 신선봉은 다음 기약하고
조가리봉으로 발길 옮긴다
이마 적시던 새벽 비는 어디로 갔는지
파란 하늘에 꽃들만 화사하고
바위틈 발 내린 작은 소나무
아슬아슬 세월 딛고 섰다

이 높은 조가리봉 산중에
뉘 조상의 묘인가
산소에 술잔 올리고
바람 잔잔한 제절에 모여
산해진미 진수성찬 차려
산 내음 바람 섞어 먹는다

봄바람 산새소리
파란 하늘 아래로
내려다보이는 산봉우리들
연초록 향연 눈이 부시다

되돌아 내려가는 길
층층이 다가오는 산마루
제각각 사연 담아
색깔, 모양이 다르다

정방사 약수에 목 축이고
내리막길 달음질 하여
감자전에 탁주 한 사발하고
청평호수 신작로 따라 펼쳐지는
자연 만끽 드라이브

벚꽃은 활짝 피지 않았어도
우리의 웃음꽃 활짝 피어
인생 향기가 차안 가득하다.

대관령 삼양목장

하얀 바람이
내 마음 흔들던 날
대관령 삼양목장 정상에서
바람이 되어 떠돌고 있다

광활한 설원에 빠져
넋 잃고 파란하늘 만져본다

해맑은 설원의 광채가
현기증이 나도록 아름답다

눈 위에 누워 파란하늘 덮고
내 마음 다스린다

바람에 유유히 돌아가는
풍력발전기처럼
가슴속 에너지가 충전된다.

호명산 산행

후덥지근한 초여름
숨죽여 걷기 시작한
호명산 산행길

하천 징검다리 건너
약수터로 오르는 시작부터
턱까지 차오르는 숨 헐떡이며

약수 쉼터에 도착
물 한 모금 마시니
천지가 파랗다

서로 부둥켜안고
살랑대는 나무숲 사이로
내려다보이는 풍경이
한 폭의 수채화라

한 걸음 한 걸음 옮길 때마다
땀방울 발등 찍는데
평탄한길, 내리막길 없는

스무 살 청년 같은 산

호랑이 울음소리
지금도 들릴 듯
기세가 등등하건만
우리가 점령하고 말았네

호명산 정상 632.4미터
계곡 타고 올라온 바람
이마에 맺힌 땀방울
훑고 지나간다
기차봉으로 내리는 길
솔향기 파고들어
가슴은 상쾌하고

무슨 사연이 그리도 많은지
나뭇잎 조잘조잘 지칠 줄 모르고
산새들 멋들어진 노래에
발길 가볍다

얼마쯤 내려왔을까
호명호수가 눈에 들어온다
발전 위해 인위적으로 만든
인공호수 둘레길 따라
올망졸망 꽃들 예쁘게 피어
하늘하늘 꽃잎 반짝이며
수줍게 웃어 반긴다

호명호수 뒤로하고
신작로 따라 걸으니
바싹 마른 아카시아 꽃잎 쌓여
발길 옮길 때마다
바스락 바스락 소리
꽃향기 코끝 간질인다

길가 단풍나무
꽃씨방 매달아
햇볕에 반짝이며
오순도순 벗이 되어준다

호랑이가 나타날 것만 같은
호명산을 내려와
계곡물에 발 담그고
시원한 맥주 한 잔
피곤함 잊는다
우리네 인생도
자연의 섭리에 순응하며
아름답게 가꾸어
행복한 삶이 되었으면 좋겠다.

칠갑산 봄 향기

봄비
출렁다리 호수에 내리면
콩밭 매던 아낙은
추억에 잠기고

소금장수 호랑이 전설
소금 흩어진 자리
호수에 잠긴 나목들
속살이 검게 타 버렸구나

하얀 이불 덮고 겨울잠 자던
칠갑산에도 봄의 전령에
산허리 풀어 헤치고
초록빛 여행이 시작되는구나

추운겨울 견뎌
새움 한잎 두잎
거친 흙 사이로
고개 내밀어 하늘을 본다

서서히 고개 들고
추위 피해 꽃망울 활짝
향기 속 봄바람 나오네

멀리 들려오는 꽃소식
봄이 오는 소리
희망 갖고 꿈 갖고 숨 가쁘게 달려오네.

강천산에 오르면

병풍바위 타고내린
물보라 사이로 삐쭉삐쭉 새싹들
허공 찌르고
편백나무 줄지어선 산책로
아담과 이브 사랑 속삭인다

왕자봉 오르는 경사에
숨은 쌕쌕, 구슬땀은
바위 등에 앉아 쉬어가고
두 손은 산새소리에 박자 맞춘다

고사리, 다래순 유혹에
한줌 한줌 모아 배낭 가득하고
동글동글 모여앉아
산 숲 향기로 허기 채우니
마음과 육신이 행복하다

산과 산 이어주는 현수교
오가는 이 웃음 지으며

짜릿짜릿 경치삼매경에 빠져
겹겹이 기대어 서로 위로하고
오랜 이야기 뿜어낸다

햇살이 놀러와 산 깊은 곳까지
그윽한 그림자 뿌리고
바람은 속삭임
입맞춤으로
서로를 확인하는 산

갖은 빛깔의 아름드리나무들
넉넉한 미소 띄울 때
강천산은 군무를 시작한다.

치악산 남대봉

마중 나온 구름 바람
흰나비 떼 함께 하는
남대봉 산행길
상원사 빛바랜 석불아래
엉겅퀴 꽃무리
까치와 구렁이 전설 전한다

상원사 내림길
이름 모를 야생화
바람 속삭이면
남대봉 푯말에 기대어
흐르는 땀 드려
뙤약볕 아래 둘러 앉아
맛깔나게 배 채우고
미끌미끌 돌계단
조심조심 걸어
계곡물에 발 담그니
몸이 한결 가볍다

은은하게 피어나는 미소

영원사에 도착하니
검붉게 익은 오디 유혹
가지잡고 놓을 줄 모른다

영원사 마당
검은 나비 떼
무슨 사연 있길래
한가득 모여 잔치 벌리나

두 손 모아 작별하고
지루한 포장길 걸어
탐방센터 주차장
풋풋한 도토리묵 무침
한잔 술에 산행 길 되짚어
웃음꽃 피어도

한구석 빈 가슴
자연향기 채우기 위해
살아 숨 쉬는 육신이 있는 한
산악인은 다음 산행을 기약한다.

화양구곡

계곡물에 빠져든 구름도
잠시 세월의 흐름을 멈추고
구곡여행 시작한다

화양구곡 경관에 취한
자연인들
하늘 찌른 경천벽제1곡에 놀란 가슴

구름 그림자 맑게 비치는
운영담제2곡 소沼에
깨끗이 쓸어내고

충효절의忠孝節義, 비례부동非禮不動
송시열 묘소, 신도비
북벌의 공 이루지 못한 효종대왕 그리며

슬퍼서 새벽마다 한양 향해
읍궁암제3곡
활弓처럼 엎드려 통곡하고

맑은 물과 깨끗한 모래
계곡속 금시담제4곡
반석위에 집지어 학문 연구, 수양이라

큰 바위 첩첩이 층을 이뤄
천체를 관측하는
첨성대제5곡 별을 세고

냇가에 우뚝 솟은 바위
구름을 찔러
능운대제6곡라

맑은 계곡 물
바위에 모여앉아 배불리고
물놀이 삼매경 신선이 따로 없다

용이 누워 꿈틀거리다
금방이라도 승천할 것 같은
와룡암제7곡

큰 소나무들 운치 있게
우뚝 솟은 바위산
청학이 둥지 틀어 알 낳던 학소대제8곡

흰 바위 티 없이 넓게 펼쳐져
흐르는 물결이 용의 비늘을 꿰어
파천제9곡이라

신선들이 술잔 나누던 곳
자연의 신비와 함께 취해보는 것도
별미 중에 별미로다.

천태산의 비밀

바람 구름 벗 삼아
천태산 가는 길
현수막에 수놓은 시인들의
감성어린 노래가 심금을 울리고

삼신 할멈바위
무사 산행기원
문지방 넘는 사람들
일일이 불러 세운다

갈라지고 포개진 수많은 바위들
거대한 수석전시장 방불케 하고
삼단폭포 생명수 흘려 내린다

병풍처럼 둘러친 산 아래
고즈넉한 사찰 영국사
천년 세월 품은 은행나무
가지 뻗어 내린 자리
새 생명 솟아나고

국가에 큰 어려움 있을 때
소리 내어 울었다는 신목

변함없이 모델 되어준다

A코스 등산로
소나무 즐비한 육산
암릉 바위
동아줄 매달려
매미처럼 오른다

두 번째 오름 바위
중간에 한 박자 쉬고
호흡한번 크게 들이마셔
으라차차 팔심 한번 내 본다

암벽 등산로, 안전 등산로
마지막 암벽구간 75미터
한 가닥 동아줄에 운명 걸어
좋아요~ 좋아~ 오르니
영구사 한 눈에 들어온다

암벽구간 지나
조롱한 암릉들이 오밀조밀
제각기 멋을 더해 소근 댄다

정상 오르는 길
꺾인 채로 다시 자란 나무
정성 모아 쌓은 돌탑
누가 다녀갔을까

C코스로 내리는 길
바람에 수풀이 울고
아기자기한 암릉
동아줄 매달려 뒷걸음
먼 산들이 아름답다

영국사로 원점회귀

다시 한 번
천년사찰 영국사 맞배지붕 위
천태산 바라보며
깎아지를 듯한 짜릿한 암벽등반
믿음과 믿음을 준 산
영원히 영원히 간직한다.

감악산에 오르면

계절 따라 바뀌는
감악산의 향기
가슴에 고인 정서
마음껏 퍼내 준다

오랜 전설로 삭은 추억
가장 자연스레
간직하고 있는 산

망각의 굴레에서 벗어나
청량한 마음의 법문
외울 때면

다정했던 얼굴들이
한자락 시간의 마디처럼
잘리며 스쳐지나간다

감악산에 오른 순간만은
모든 것 차단하고

새 추억
임꺽정봉 하얀 바위에
새기고 싶다.

들꽃님들 십이 선녀탕에 가다

갈바람에 원색단풍
꽃비처럼 내려
설악산 십이 선녀탕 계곡
푸른 물 옥구슬 수를 놓고

들꽃님들 고운 단풍 너무 좋아
함박웃음 지으며
맑은 계곡물 지줄 대는 합창에
스틱, 배낭 내려놓고
도란도란 자연에 취한다

천년만년 계곡물 흘러
암반 뚫어 놓은 복숭아탕
청록 물빛에 무지개 꽃 피어
들꽃님들 발목 잡는다

아늑한 복숭아 원풀 욕조
밤이면 선녀들 하늘 내려와
우윳빛 알몸 목욕 아련하다

자연이 만들어낸 최고의 선물
내설악 십이 선녀탕 계곡
예쁘고 아름답게 보존하여
들꽃님네들 올 때마다
환한 얼굴 꽃으로 피어나길……

자연이 준 선물 변산

가을이 내려앉은
곱게 물든 단풍
눈이 시도록 아름답다

변산 오르는 발길마다
가을 부서지는 소리
자박자박 하다

멀리 곰소만 바다 내음
바람에 실려와
소금냄새 구수하다

청련암 내려다보이는
넓은 바위에 둘러 앉아
자연 밥상차려 배불리고

관음봉 단애
절벽을 끼고도는 좁은 통로
산을 좋아하는 사람들

환한 미소로 반긴다

변산 바람꽃
쑥부쟁이 단아한 모습은 없지만
산릉이 파노라마처럼 너울댄다

변산 끝자락 놓아주면
이어지는 전나무 숲길 지나
샛노랗게 물든 은행나무
길게 늘어선 연등 불 밝히고

빼어난 단청솜씨 내소사
문살의 정교함 자랑하는 대웅보전
천년 느티나무에 소원하나 묻어주고

형형할 수 없는 추억 만들어
곰소항 새우젓에 탁주 한 사발
행복을 마신다.

겨울 고대산

힘겨운 겨울 산행
남한에서 등산이 허용된
민통선이 가장 가까운 산

전장에 쓰러져간
병사 울음소리
세찬 눈보라에 실려 온다

문바위 지나
무거운 발길 차박차박
고대산 정상 푯말에 기대어
추억하나 새긴다

눈 내리지 않았더라면
북녘 땅 철원평야 백마고지
월정리역 노동당사 한탄강
한눈에 담고 갈 텐데 아쉽다

알싸하게 얼어붙은 몸
콘크리트 벙커 숨어들어

배낭 풀어 허기 채우고
재무장 나선 길

매서운 바람 눈보라
얼굴 때리고
칼바위 능선 낭떠러지
간담이 오싹하다

말등 바위 지나
굽이굽이 내리막길
등산로 빠져나와

자매 운영 식당
순두부 된장찌개
세상 행복한 순간

얼어붙은 전신
불붙듯 화끈화끈 달아올랐다
그것도 짜릿짜릿 달아올랐다.

진부령 마산봉

진부령 고갯마루 하얀 눈
햇살에 반짝이고
버스는 썰매를 탄다

멈춰선 버스 버려두고
눈 덮인 흘리흘里 마을길 걷고 걸어
알프스 리조트 옆길 따라 산행을 시작한다

하늘 찌른 낙엽송 내음
폐부 깊숙이 파고들어
긴장한 몸과 마음 상쾌하다

2000년대 초 인기 최고
알프스 스키장 환호소리
진부령 아가씨 노랫말 귀전에 들려오는데

리조트 시계 세월 가는 줄 모르고
융성하던 웃음소리
리프트 줄에 매달려 졸고 있다

백설이 살짝 쉬어 간 자리
아이젠 발길 무거워
가파른 숨소리 나무에 기대어

초콜릿 한입 베어 물고
한발 한발 소릇소릇 정겨움 더해
마산봉 올라 푯말 들고 으라차차

마산봉 메아리
따뜻한 양지에 둘러 앉아
꿀맛 도시락 허리띠 푼다

앙상한 나뭇가지 끝
새한마리 겨울을 노래하건만
세월은 수액 뿜어 봄을 부른다

마산봉에 새봄이 찾아오면
화사한 옷차림으로
새롭게 산봉을 올라야겠다.

춘천 삼악산에 오르면

상원사 쪽 매표소 들머리
돌탑들이 앙증맞게 구름손 붙잡고
푸른 능선 따라 오르라 한다

시작부터 바위 등 타고
산장 뜨락에서 바라본 의암호
하얀 뭉게구름과 춤사위 펼친다

산장 모퉁이 돌아
작고 예쁜 상원사 마당
가을 햇살이 벤치에 앉아 졸고 있다

살며시 옆에 앉아 인증샷
대웅전 부처님도 웃음으로 반기고
시원한 약수 천년을 살라한다

산신령이 놓고 간 지팡이 하나 주워
턱까지 차오르는 숨 헐떡이며
깔딱 고개 시원한 바람 쉬어간다

가파른 바위산 엉금엉금
쌕쌕 가쁜 숨 몰아내며
정상 향해 구슬땀 흘린다

얼마나 올랐을까
한눈에 내려다보이는 의암호
반짝이는 붕어섬 한 폭의 그림이다

무성한 단풍잎
살랑 살랑 손 흔들며
잘 가라 잘 가라 배웅한다

옥구슬 발처럼 내린 주렴폭포등선 제8경
선녀와 나무꾼 전설 비룡폭포등선 제7경
힘찬 물줄기 쏟아낸다

옥녀가 목욕하던 옥려담등선 제6경
마음을 깨끗이 정화해 준다

옥려담 바위에 걸터앉아

그 옛날 옥녀가 목욕하는 모습 훔치니
아름답기가 양귀비라

흰 비단 천을 펼쳐 놓은 듯한 백련폭포등선 제5경
신선이 학을 타고 노니 듯한 승학폭포등선 제4경
높이 십오 미터의 등선 제이폭포등선 제3경

신선이 풍류를 즐기던 등선 제일폭포등선 제2경
협곡을 따라 펼쳐진 금강굴등선 제1경
자연이 준 천혜의 선물이로세

예쁜 단풍잎 호형으로 만든 조형물에
삼악산 등산코스 시간대별로 그려
바위에 붙여 등산객의 눈길 모은다.

형형할 수 없을 만큼 아름다운 비경
짜릿한 행복에 흠뻑 젖게 해 준 감악산
너를 다시 찾아올 것을 기약한다.

나의 시 세계

＊ 성 장

① 가족－누나, 남동생 2명, 여동생, 아내, 아들, 딸, 사위, 외손자(1명), 조카 8명(현재)

전형적인 농촌마을에서 3남 2녀 중 장남으로 태어나 부모님의 애틋한 사랑으로 성장하였으며 가족 사랑과 유교사상의 기본을 바탕으로 효를 실천하고 자연과 더불어 살고 싶은 것이 내가 지향하는 삶의 기본이다.

② 학교－초당대학교 졸업(최종), 고천초등하교, 안양중학교, 양명고등학교, 안양과학대학

③ 전공－토목공학

④ 현재사업－측량 및 토목설계

주식회사 공간지적측량 대표이사로 재직 중이며, 지적측량, 일반측량, 토목설계의 일을 하고 있으며, 주로 관공서 및 민원인의 업무를 처리하고 있다.

＊ 창 작

① 시작(동기)―개인적으로 문학에 소질이 있었고 중학
시절부터 기행문 발표 등 교내백일장에서 입선한 경
험이 있으며 고등학교에서 문학의 밤 행사를 통해 작
품발표 및 글쓰기가 시작된 것으로 기억된다. 그리고
측량 및 토목설계 회사에 근무하면서 동료들의 작품
을 모아 사보집을 발간하면서부터 적극적으로 글을
써야겠다고 다짐.

② 발표―2000. 주택은행 사보에 산문발표

2004. 포스트모던 시 발표 당선

2004~2010 포스트모던 계간지에 작품(시) 발표

2006~2007 문학과 의식 계간지에 작품(시) 발표

2011~2014 서울문학, 문학바탕 계간지에 작품
(시) 발표

2009~2013 현대주간 의왕신문 등에 작품(시)
발표

③ 시집―2002 『세상에 아름다운 것들』

2004 『들길을 가면』

2007 『향기로운 여정』

2009 『아름다운 여정』

2011 『사랑하기에 좋은 계절』

2013 『강물이고 싶다』 발간

수필집―2003 『하룻밤에 꽃필 때』 발간

④ 공부-별도로 공부를 수수한 것은 없으나 김종천, 김진중 시인으로부터 조언을 들었으며 유걸호 시인을 만나 지금부터 시작이라는 마음으로 적극적으로 공부하고 있음.

* 창작활동의 배후

① 가족 및 친지간의 배후-할아버지께서 운율에 맞추어 시조를 부르시는 것을 어려서부터 보아왔으며, 부모님을 섬기는 효가 남달랐던 것을 보고 자랐다.

남을 배려하고 바르게 삶을 사셨고, 지성과 지식을 겸비하셔서 언제나 나에게 귀감이 되셨으며 아버지께서는 "내 주먹만 믿고 산다" "짧고 굵게 산다" 항상 하시던 말씀처럼 인자하시고, 할아버지 할머니를 지극정성으로 모셨으며 남에게 베풀고 사셨던 분으로 기억된다. 그 영향을 받아 강직하고 바르게 사는 방법을 배웠으며 생활 속에서의 지식과 지성을 부모님들에 의해서 깨달을 수 있었고 그분들의 훌륭한 인품을 닮아가고 그 모습이 나에게 담겼다.

내 성격은 모든 이와 잘 어울리고 싸움 같은 것은 피하고 한 곳으로 끌어 모으는 능력을 갖고 있다.

누나는 두 살 연상으로 항상 배려하고 동생들을 사랑으로 돌보는 예쁜 마음을 갖고 있었으며 형제간에 우애가 깊어 지금도 돈독하게 살고 있다.

이 모든 것이 나에게 글을 쓰도록 한 것 같다.

② 문학적인 배후―오봉산 자락에 3면이 둘러싸인 가나무골 작은 동네의 외딴집. 앞은 탁 트인 논밭으로 풍요롭고 양지바른 곳 어미 소 아기 소 한 가족 되어 봄이면 복사꽃, 매화꽃이 피고, 단풍나무의 여린 잎이 손처럼 펼쳐지는 새 희망에 반하고, 여름이면 따가운 햇볕아래 노랗게 익는 참외 대싸리 밑 한가롭게 낮잠을 즐기는 강아지, 가을이면 마당에 대견스럽게 쌓인 볏가리, 붉게 매달린 감, 겨울이면 온통 하얀 눈으로 꿩의 노래가 들리는 자연 환경 속에서 문학적인 영향을 받았으며 아름답고 예쁜 언어로 시를 쓰게 된 동기가 된 것 같고 자연과 하나 되는 시 세계로 빠져든 것 같다.

③ 사회적인 배후―양반가의 선비, 완고한 유교적 규범을 뿌리내린 집안에서 태어나 의왕에서 힘이 제일 좋으셨다는 아버님의 남을 배려하는 마음, 남에게 베푸는 모습, 농사일에 전념하시는 성실함, 서낭당 고갯길을 넘어 5리 길을 걸어 초등학교 다닐 때 친구들과 짓궂게 놀던 기억, 6학년 때 촌스러운 정의진 선생님의 정과 사랑으로 보살펴주시던 기억, 중학교 때 가장 친한 친구 중 지금도 서예를 하고 있는 가난한 친구 승신이, 남달리 나에게 관심이 많으셨던 안경희 선생님의 지도하에 일기쓰기를 시작하여 현재까지 일기를

쓰고 있는 것은 지금도 잊혀지지 않는 그분의 사랑이라 생각한다. 아마 그때부터 문장력이 향상된 것이 아닌가.

고등학교 시절 문학의 밤 행사로 더욱 향상된 글을 쓸 수 있었던 것 같다. 고등학교를 졸업하고 직장생활을 하면서 뒤늦게 대학에 진학한 것은 나의 발전과 전문적인 지식을 쌓기 위해서 공부를 하였고 토목을 한다는 사람도 감성과 감동의 글을 쓸 수 있다는 것을 보여 주기 위해서 더욱 정진한 것 같다.

즉, 사회적인 배경은 내가 성장하고 살아 온 과정에서 비판보다는 칭찬하는 마음으로 자연을 노래하며 아름다운 향수가 몸에 배어 있기 때문 아닐까 생각한다.

④ 기성문인의 성향—내가 어떤 결심을 하느냐에 따라 시의 세계는 달라지겠지만 자연의 노래와 나의 세계와 환경과 관련된 서정시를 쓰고 싶고, 서사시도 좋지만 리듬과 운율의 전통을 살려 운율에 맞는 나의 정서를 담고 싶다.

모던 쪽의 글을 지향하고 박목월, 서정주, 윤동주와 같은 청록파 시인의 성향으로 아름답고 자연친화적인 시를 쓸 것이고 그분들을 닮아 갈 것이다.

* 문학적인 철학(주관)

① 문화를 보는 눈—요즘 사람들은 문화와 문명을 구별

못한다. 문명은 생활의 편리한 방법을 강구하는 기준이며 문화는 인간의 내적인 문제를 새롭게 구축하는 가치의 세계로 이는 형이상학적이며 아울러 창작과 창조의 세계를 이룩하는 기본이라 생각한다. 그러므로 문명은 하위개념이고 문화는 상위개념이라 감히 말할 수 있다.

② 예술을 보는 눈―예술은 센티멘털리즘이 아니라 진리와 선속에 아름다움이 내재되어야 하는데 미의 개념에만 치우쳐 있다.

선배 시인들은 시적 리듬이나 운율의 전통을 지켜 왔으며 운율에 자기 정서를 담았다. 그런데 운율이 깨져 있어 테마를 축소시키지 못하고 자기 슬로건을 내보내는 과정에서 사회비판적이고 자기들만의 시를 쓰고 있기 때문에 독자가 없다. 시대가 어렵기 때문에 시가 어렵다. 시는 예술이기 때문에 아름다운 언어가 구사되어야 하는데 그렇지 못하다.

태어난 고향에는 어머니, 누나의 언어, 자연의 언어가 있기 때문에 나의 시가 살아 있다고 생각한다.

③ 미적인 관점―자연의 신비로운 생명력, 스스로 만들어가는 아름다운 세계에 심취되어 내가 꿈꾸는 이상의 세계로 승화시켜 주기에 나의 삶은 그렇게 때 묻지 않은 생활을 구현하고자 한다.

④ 역사적인관점―현대 문명은 인간이 자연을 정복한다

는 서구적인 패턴 때문에 자연이 아닌 근본적인 생명력을 파괴하고 있어 아름답고 거룩한 지구가 훼손되어 인간은 물론 동물 등 모든 생물이 질식하고 있다.

이는 어쩌면 지구의 종말을 자초하는 행위로 이제는 동양적인 사고(자연친화적) 또 내가 자라면서 배운 고향의 얼을 시로 표현 자연을 되살리는 호소력 있는 시로서의 지향하는 바이다.

⑤ 사회적인관점－비판보다는 용서와 타협하는 인간의 기본 원칙을 지킴으로써 아름다운 사회를 만들어 가는데 일조하는 사회구현을 위한 정서함양, 사회정화를 위해 시를 쓸 것이다.

⑥ 시대적인관점－세계를 글로벌화 하는 세상에 살고 있는 만큼 너와 내가 아닌 우리라는 큰 마인드를 갖고 시대의 흐름을 받아들이는 자세로 사랑과 믿음을 실천하는 것이 이 시대를 살아가는 기본개념이라 생각하고 그 시대에 맞는 아름다움을 찾아 시로 표현할 것이다.

대자연과의 황홀한 교감

丁 成 秀 (詩人·(사)한국문인협회 시분과회장)

　우리를 감싸고 있는 저 대자연은 얼마나 위대한 존재인가. 이필정 시인의 제7시집 『산이고 싶다』는 그 제목이 단적으로 말해주듯 바로 그 위대한 대자연에 대한 외경과 감동, 그 소통의 아름다운 보고서이다.

　예나 지금이나 동서양을 막론하고 지구 위에 존재하는 대자연은 모든 시인들의 가장 소중한 소재 중의 하나이다. 대자연을 노래한 시들은 동서고금 너무나도 많아서 굳이 일일이 그 예를 들 필요조차 없을 정도이다. 두말할 것도 없이 직립동물인 우리 인간 또한 그 성스러운 대자연의 일부가 아니던가.

　따라서 대자연은 그 자체로 하나의 폭발적 경이이다. 그 폭발적 경이를 어떻게 표현하느냐 하는 것은 시인 각자의 자연관과 인생관과 철학의 몫이다.

이필정 시인은 자신이 바라본 대자연, 그 가운데서도 주로 '산'을 통한 대자연의 외면세계와 내면세계, 자신의 시적 해석을 그 특유의 다정다감하고 따뜻한 목소리로 노래하고 있다.

다음 시를 살펴보자.

바람이 꽃잎을 등에 업고 간다
초록빛 산기슭 헤매고 휘돌아
산으로 간다

휘파람 불며 불며
계곡에서 놀아난 한 줄기 바람
가슴 속으로 들어온다

고추의 매운 성깔로
달음박질치다가도
수줍어하는 소녀라도 만나면
귓불 빨갛게 물들였다가

산 노을 질 때면
절벽에 서서
목놓아 울어라도 볼까
이대로 날아라도 볼까

ㅡ「꽃바람 산행」 전문ㅡ

첫 행이 대단히 인상적이다. 바람의 생태가 감각적 이미지, 역동적 이미지로 잘 처리되었기 때문이다. '바람'에 의해 '꽃잎'이 날리는 것을 '바람이 꽃잎을 등에 업고 간다'라고 활유법을 활용, 멋지게 표현하였다. 더구나 사나운 바람의 이미지를 모성 이미지로 긍정적으로 환치, 유추하게 해서 더욱 큰 효과를 거두었다.

'수줍어하는 소녀라도 만나면/귓불 빨갛게 물들였다가'라는 구절도 바람 때문에 생긴 추위를 사춘기 소녀의 수줍음을 나타내는 것으로 아름답게 표현, 부정적인 것을 긍정적인 것으로 승화시켰다.

다음 시를 살펴보자.

바위가
물을 먹는다는 것을
이제야 알았다

바위가
숨 쉰다는 것을
이제야 알았다

바위가
꽃도 피우고 사랑도 나눈다는 것을
이제야 알았다

....

바위는
늘 한 곳에
머물고 있는 것이 아니었구나

-「바위의 비밀」 부분-

　무생물인 '바위'가 하나의 생명체라는 인식에 도달하게 된 것은 바로 사물을 바라보는 시적화자의 지혜의 눈이다. '바위가 물을 먹는다는 것', '바위가 숨 쉰다는 것', '바위가 꽃도 피우고 사랑도 나눈다는 것을 이제야 알았다'는 시적화자의 새로운 발견은 자연에 대한 또 하나의 경이이다.

　시적화자는 마침내 '바위는/늘 한 곳에/머물고 있는 것이 아니었구나'라는 놀라운 '비밀'을 찾아내고 스스로 감탄하게 된다. 의미 부여를 하자면 사실 이 세상 모든 만물은 살아있지 않은 것이 없다. 죽음조차 삶의 한 부분이고 그 자체도 역동적이다. 무생물이라고 명명된 것들이 어찌 생물이 아닐까보냐. 시인의 눈에는 세상 모든 것이 살아 있다.

　다음 시를 살펴보자.

백목련 꽃봉오리
어찌 저리 탐스러운가

봄비에

이제 막 터지려는가
꽃향기 기다려지네

풍경소리에
해가 지는구나
스님 발걸음 바빠지네

이제는
잔디도, 나뭇잎새도
모두 이슬 머금고
밤에 잠기니
모두 잠자는가

....

고요한 밤
적막한 산사에

대웅전 부처님도
인자한 미소의 부처님도
지그시 눈을 감는데

난데없는 외줄기
바람 소리
풍경소리에 놀라
부처님도 눈뜨겠네

−「산사의 하루」 부분−

산사의 풍경이 고즈넉하다. 무기교의 기교랄까, 잘 그려진 동양화를 보는 듯하다. 그만큼 평화롭고 따뜻하다. 시의 소재와 기교가 조화의 묘를 얻었기 때문이다.

마지막 연 '난데없는 외줄기／바람 소리／풍경소리에 놀라／부처님도 눈뜨겠네' 는 시의 적막을 깨는 재치 있는 구절이 아닐 수 없다. 하나의 반전이 아닌가.

다음 시를 살펴보자.

> 단풍들
> 이파리마다
> 숱한 사투리로
> 바람난 입술 태운다
>
> 이 산 저 산
> 바람 앞에
> 다투어 속살 보이니
> 모두 얼싸안은 사랑
> 잉걸불 웃음으로 탄다

－「오서산 억새꽃」 부분－

나무의 종류에 따라서 나뭇잎 빛깔이 조금씩 다른 '단풍' 을 '숱한 사투리' 로 표현한 것은 기발한 착상이다. '바람난 입술 태운다' 도 개성적인 표현이다. 시인은 또 하나의 창조주이므로 가능하다면 모든 것을 새롭게 표현

해야 한다. 시는 눈부신 창조이지 어수룩한 모방이 아니기 때문이다.

'바람'에 흔들리는 '이 산 저 산'의 단풍숲을 '다투어 속살 보이'는 것으로, 더 나아가서 '모두 얼싸안은 사랑'으로, '잉걸불 웃음으로' 타는 것으로 의인화하여 표현한 것도 이채롭다. 시적 형상화, 감각적 표현에 힘을 기울인 덕분이다. 감각적 표현은 시를 생동감 있게 살아 움직이게 한다. 말하자면 시도 하나의 싱싱한 생명체이기 때문이다.

다음 시를 살펴보자.

산이고 싶다

삭막한 사내의 가슴
활짝 열고
산을 오르고 싶다

쓰러지며 일어서며
소리치는
저 초목들의
뜨거운 피가 되고 싶다

하늘 높은 산(山)이여

그립고 그리운 이름 따라

솟아오른
　　산(山)이고 싶다

　　　　　　－「산(山)」 전문－

　　시적화자는 '산山'을 오르면서 '쓰러지며 일어서며/소
리치는/저 초목들의/뜨거운 피가 되고 싶다'라고 자신
의 희망을 표출한다. '초목'의 가장 큰 운명적 특성이 무
엇인가. 그들의 특성은 자꾸만 위로 자라나는 것이다. 강
렬한 상승 의지가 그들의 기본정신이다.
　　그러므로 '초목'들의 피는 그 어느 생명체 못지않게
'뜨거'울 수밖에 없다. 시적화자는 여기서 한걸음 더 나
아가 '초목'을 통째로 자신의 품안에 거느리고 있는 '산
山', 하늘을 향해 하늘처럼 높아진 산山, '그립고 그리운 이
름 따라/솟아오른/산山이' 되고 싶어 한다.
　　이것은 '초목'과 함께, '산山'과 함께 드높은 '하늘'을
향해 솟아오르고자 하는 시적화자의 뜨거운 열망이자 꿈
이 아닐까.
　　다음 시를 살펴보자.

　　햇볕이 다사로워도
　　햇빛이 찬란해도
　　절벽에 부딪치면
　　아우성이 된다

굴삭기 발톱에

찢겨지는 산채에 핀

나리꽃도, 패랭이꽃도

아, 단풍나무도

모두 다 할퀴어

흙 속에 묻히네

산허리를 꺾어대는 소리

산이 무너지는 아우성

산새들도 몸서리친다

무너지는 산

가을도 날을 세우고

하늘이 지르는

고함은

천지를 진동하네

-「무너지는 산」 전문-

　인간의 문명이란 무엇인가. 한 마디로 말하자면 대자연
의 파괴와 거의 동의어가 아니던가. 자연 파괴와 변형, 그
것이 소위 문명의 발달이다. 인간생활의 편의를 위해 사
람들은 아마도 자연 파괴를 일종의 필요악으로 생각하는
지도 모른다. 그것이 사실상 인류의 자살행위인 줄 알면
서도 지금 이 순간에도 자연 파괴는 세계 곳곳에서 변함
없이 현재진행중이다.

시적화자는 '굴삭기 발톱'을 등장시켜 대자연 파괴의 현장을 고발한다. '굴삭기 발톱'은 산을 무너뜨려 결국 또 하나의 '절벽'을 만든다. 그 파괴된 '산(절벽)'에 부딪치면 '다사로운 햇볕도' '아우성이 된다'. '찢겨지는 산채에 핀/나리꽃도, 패랭이꽃도/아, 단풍나무도/모두 다 할퀴어/흙 속에 묻히네.' 그야말로 대자연의 일부가 생매장 당한다.

그리하여 '산허리를 꺾어대는 소리/산이 무너지는 아우성/산새들도 몸서리친다.' 고요한 대자연 속에서 비극의 살육행위가 거침없이 자행된다.

속절없이 '무너지는 산/가을도 날을 세우고/하늘이 지르는/고함은/천지를 진동'한다. 결국 굴삭기 소리, 나무가 찢어지는 소리, 산이 무너지는 소리가 '천지에 진동'하고야 만다. 소름 끼치는 대학살이 아닌가.

다음 시를 살펴보자.

상원사 쪽 매표소 들머리
돌탑들이 앙증맞게 구름손 붙잡고
푸른 능선 따라 오르라 한다

시작부터 바위 등 타고
산장 뜨락에서 바라본 의암호
하얀 뭉게구름과 춤사위 펼친다

산장 모퉁이 돌아

작고 예쁜 상원사 마당
가을 햇살이 벤치에 앉아 졸고 있다

살며시 옆에 앉아 인증샷
대웅전 부처님도 웃음으로 반기고
시원한 약수 천 년을 살라한다

산신령이 놓고 간 지팡이 하나 주워
턱까지 차오르는 숨 헐떡이며
깔딱고개 시원한 바람 쉬어간다

가파른 바위산 엉금엉금
쌕쌕 가쁜 숨 몰아내며
정상 향해 구슬땀 흘린다

얼마나 올랐을까
한눈에 내려다보이는 의암호
반짝이는 붕어섬 한 폭의 그림이다

무성한 단풍잎
살랑살랑 손 흔들며
잘 가라 잘 가라 배웅한다

-「춘천 삼악산에 오르면」 부분-

'춘천 삼악산'을 오르는 기행시, 등산시다. 송강 정철
의 명품 가사 「관동별곡」을 연상시키는 작품이다. 춘천

또한 강원도이기 때문에 더욱 그렇다.

산행 진행 순서에 따라 시적 렌즈를 있는 그대로 자연스럽고 차분하게 맞추어 나갔으므로 독자들은 특별한 긴장이나 갈등 없이 편안한 마음으로 시적 상황과 표현을 유쾌하게 받아들이면 된다.

마치 자연 풍광을 실제의 눈으로 보듯이 문자로 바라보는 따뜻한 평화를 누릴 수 있다. 물론 이러한 마음의 평화도 사람의 삶에서 대단히 소중한 것이다. 춘천의 삼악산과 의암호가 슬며시 손에 잡혀오는 듯하다. 이런 것이 기행시를 읽는 특별한 즐거움 중의 하나일 것이다.

다음 시를 살펴보자.

> 가을이 내려앉은
> 곱게 물든 단풍
> 눈이 시도록 아름답다
>
> 변산 오르는 발길마다
> 가을 부서지는 소리
> 자박자박하다
>
> ················
>
> 변산 끝자락 놓아주면
> 이어지는 전나무 숲길 지나
> 샛노랗게 물든 은행나무

길게 늘어선 연등 불 밝히고

빼어난 단청솜씨 내소사
문살의 정교함 자랑하는 대웅보전
천 년 느티나무에 소원 하나 묻어주고

형형할 수 없는 추억 만들어
곰소항 새우젓에 탁주 한 사발
행복을 마신다

-「자연이 준 선물 변산」 부분-

　　전북 변산의 아름다운 풍광을 노래한 작품이다. '가을
이 내려앉은/곱게 물든 단풍' 도 좋은 구절이다. '단풍' 위
로 '가을이 내려앉았다' 는 표현이 그것이다. 다시 말하자
면 초록 나뭇잎 위로 '곱게 물든' '가을이 내려앉았다' 는
것이니 이 어찌 아름답지 않으랴.
　　'변산 오르는 발길마다/가을 부서지는 소리/자박자박
하다' 라는 구절 역시 좋은 구절이다. 시적화자가 걸어가
는 발소리를 '가을 부서지는 소리' 로 표현한 것은 대단한
시적 감각이 아닐 수 없다. 그 발소리를 '자박자박하다'
로 표현한 것 역시 훌륭하지 않은가.
　　'형형할 수 없는 추억 만든' 여행 끝자락에서 '곰소항
새우젓에 탁주 한 사발/행복을 마신다' 라고 즐겁게 노래
할 수 있다는 것, 그 자체로 얼마나 행복한 결말인가. 하나

의 축복이 아닐 수 없다.

이필정 시집 『산이고 싶다』 속의 시적화자는 그 긴 여정 끝에 아마도 마침내 '산山'이 되지나 않았을까. 아니면 혹시 후생에라도 '산山'이 되지 않을까. 설사 '산山'이 되지 않는다고 하더라도 심정적으로 이미 거대한 '산山'이 되었으리라.

대자연 예찬시는 아무리 반복을 거듭해도 싫증이 나지 않는다. 산은 늘 그 자리에 서있지만 바라보는 이의 눈앞에 항상 새로운 모습으로 나타나지 않는가. 마치 우리네 인생살이가 예나 지금이나 늘 같은 것 같지만 언제나 새롭게 시간 앞에서 다양하게 펼쳐지고 있듯이.

이필정 시인의 이 아름다운 자연 보고서가 앞으로 또 어떻게 변모를 거듭하면서 우리 앞에 하나의 새로운 시적 감동으로 다가오게 될지, 그 '자연'스런 기대는 우리를 즐겁게 한다.

山이고 싶다

초판1쇄 인쇄일 · 2015년 4월 10일
초판1쇄 발행일 · 2015년 4월 15일

지은이 | 이필정
펴낸이 | 서영애
펴낸곳 | 대양미디어

출판등록 2004년 11월 제 2-4058호
100-015 서울시 중구 충무로5가 8-5 삼인빌딩 303호
전화 | (02) 2276-0078
팩스 | (02) 2267-7888

ISBN 978-89-92290-80-7 03810
값 10,000원

이 도서의 국립중앙도서관 출판시도서목록(CIP)은 서지정보유통지원시스템 홈페이지
(http://seoji.nl.go.kr)와 국가자료공동목록시스템(http://www.nl.go.kr/kolisnet)에서
이용하실 수 있습니다.(CIP제어번호 : CIP2015010056)